大阪の俳句－明治編6

武定巨口句集

つは蕗

JN274237

編集・大阪俳句史研究会
ふらんす堂刊

目次

新年　3
春　7
夏　27
秋　45
冬　61
解説／朝妻　力
略年譜

新年

初東雲

木の中に初東雲の柳かな

初日

初日影田毎の氷動きけり

太箸

太箸や山の長者の聟となり

蓬萊

蓬萊や方丈の調度みが、れし

万歳

万歳の鼓うら、や大鳥居

羽子板

羽子板の美を尽したる古び哉

かるた

歌かるた門をたゝくは忠度よ

歌かるた夫婦〳〵と並びけり

とんど

里のとんど承仕法師が尻あぶる

春

乾坤

雪解
雪解に屋根の手毬も落にけり

雪解水排し筧を修覆かな

冴返る
土取りて冴返りたる曠野かな

春の水
春水やはじめて動く厚氷

春の風

猫柳の猫のふゆるや春の水

穴居跡に田園ひらけ春の風

兵を調す琉球王や春の風

春の雨

田の溝に泥田の漏りや春の雨

山際の林あかるし春の雨

霞

よべの雨土を肥してかすむ也

朧

神の梅神に逢ふべき朧かな

日くれ〳〵朧匂へる爪木原

春の山

寺子屋の門辺や春の山二つ

春の野

春の野に三度嫁見るよき日哉

大木を伐るに小屋掛したる春野哉

春の海

春の海島をはなれぬ船路かな

住吉の知らぬ在所や春の海

長閑

空せ貝の水にすむ虫長閑かな

麗

見下ろせば城に人居ぬうらゝかさ

隅田遊歩

うらゝかや橋場にたまる芥舟

大森八景園にて

うらゝかに沖と干潟のあやちなき

築地うらゝに斑入の椿など見ゆる

寄り道す里のぬかるみうらゝかに

松苗を植ゑ足りし岡のうらゝ哉

暖

暖やいつの間に草履磯じめり

暖に心あわつやもやし独活

水温む

田鮒育つ目高の水の温みけり

水温む頃や近江に宮造り

暮の春

反魂香はたゞに烟や暮の春

大河に濁りの残り春暮るゝ

岡の家に枳殻垣植うる暮の春

行春

行春やもろこの骨のかたうなる

春惜

尾の霞を眺めに春を惜しむ宿

人事

凧

河床と堤平らや凧の陣

切れ凧は大堤防を越えにけり

釈奠

釈菜の下や少年老易く

涅槃

塔の中の寝釈迦は淋し涅槃寺

曲水

曲水や蓬が中に酒の桶

草餅

怡々として兵共や草の餅

野遊

野に遊ぶ生駒はなれぬこの野かな

踊り子の野遊や踊日浅き子も

丈草忌

炉をのけて膝を容るゝや丈草忌

動物

鳥交む

鳥交む野を焼かんとす夷共

白魚

白魚に交る玉藻の寒さ哉

雀子

簾捲て見出されけり雀の子

雀子の嘴に嘴よす親ならん

雀子や毛の見えそむる嘴のもと

田螺

水の利を説てやまざる田螺かな

蝶

窓掛を緑にするや蝶の出る

蜂

山蜂の里蜂を訪ふて椿吸ふ

蛙

鳴く蛙治水思ふて夜寝ず

女より通ふ里俗や鳴く蛙

畝霞む日は腸を干す蛙

引鴨

鴨引きつ池辺落葉の蒸せ日和

植物

梅

梅さげて拾ひ車や東山

丹波を去る時

翌の別れけふの梅見や梅三分

梅花丘に満つる日和や畝けづる

藁塚をあたゝむる日や梅の花

地しめりに朽葉匂ふや梅の花

柳

柳暗花明又一村や馬の糞

郭外の柳緑して市栄ゆ

雨をよぶ毀垣の芽ばり柳かな

椿

家の裏の崖通れぬや落椿

雨模様薄日をたのむ椿かな

蓬

蓬原まだ摘まれざる宿雨かな

蕨

伏見桃山

珠履の跡斜陽の蕨五六寸

野焼

池塘焼く烟や池を曇らする

山焼

溝掘りて山は焼くべくなりし哉

花

弁当に蟻のつきたる花見かな

御維新になりて花見る命かな

桃

桃源に兀山一つ桃の花

塀の雨の見る〲乾き桃の花

上すべる山路の砂や桃の花

桃の雨水吸ひあます砂地かな

村落

桃の花垣内でありし径かな

梨の花　風くもりに野の隈暗し梨の散る

連翹　連翹に糸いろ〳〵や染て干す

籬落

三味線草　切株と三味線草と春辺かな

桑摘　桑摘や召伯留守に立たれけり

茶摘　深山木に桜のしろし茶山時

藤

みよし野の吉野に青き茶山かな

灯すに早き夕餉や藤の花

夏

乾坤

卯月

崖の草を園に植ゑたる卯月かな

短夜

短夜の単干は遁げてしまひけり

短夜や仏生る、花の中

秣小屋に盗人込めて明易き

夏霞

夏霞宇治の茶畑黒うなる

梅雨

山明りに梅雨あがる見ゆ墓所かな

虎が雨

虎が雨暗き鏡にむかひけり

清水

長城に餅屋一軒草清水

崖つたふ水のあつまり草清水

夕立

夕立を見る落日の小店かな

夕立はにげて田鮒の喩喁哉

人事

鮓

早鮓に子膽魯直に謂て曰く

昼寝

初瀬にて仏拝みて昼寝かな

幟

漁村めく町や帆柱鯉のぼり

照射

盗人と交りをする照射かな

虫干

虫干をぬけ来る風や著作堂

天瓜粉

天瓜粉書写の机を汚しけり

腹当

腹当や女の中で涼みゐる

避暑

避暑地とす山鼻すぐに渚なる

我を乗せ来し馬を日々見る避暑地哉

納涼

盗人や朝は林の下すゞみ

葛水

葛水や葛の匂ひも好き不好き

葛水に一つの蟻のつきにけり

動物

時鳥

輞川に雪隠借るやほとゝぎす

枝蛙

枝蛙生るゝや射垜の朝しめり

繭

繭の中で大きな蛹をたゝみけり

蛍

水際知れぬ溢れ水あり飛ぶ蛍

螢籠に水ふく月の真下かな

帰らうよ田風にしめる螢籠

灯影あるに暗き町かな宵螢

河原小屋の高垣暮れつ螢呼ぶ

崖の上の平屋飛び消えつ大螢

西田圃西へ行くほど蛍かな

なみ女三周忌

故人おもふ軒ば蛍も行きそめて

なみ女生前の語り草に故郷日野の蛍狩は懐かしきもの、一つよなどありしが

思ひ出に近江の蛍果は凄し

富女へ消息のはしに

蛍つりて又天国の話せむ

蠅叩

兵法を学ぶ小兒や蠅叩

蚊帳

蚊帳たゝむに力抜けゐる爽かさ

金魚

尾を以て王たり覇たる金魚かな

水鶏

水踏んで里の往来や水鶏の夜

毛虫

李夫人の沓にふまるゝ毛虫かな

禁垣のかゞやく砂に毛虫かな

植物

卯の花

卯の花に神あり祭廃れつゝ

竿つゝじ

上ぐるより萎びの見ゆる竿つゝじ

橘

絶恋

橘の形見とて見ん小櫛かな

薔薇

縁なくてすぐに庭なる薔薇かな

桐の花

築地内何か茂りに桐の花

花の色の空にまぎる、桐の花

若葉

川筋の鄙は相似る若葉かな

麦秋

別荘や三四の隣家麦多忙

麦刈もすみて施薬の夕かな

茂

宇治山の中に喜撰の茂り哉

伏見老瓦亭

垣ありともなしとも見えて茂り哉

菖蒲

菖蒲葺く藤原氏の御堂かな

菖蒲葺く巷の噂攘夷かな

若竹

若竹やうち重なりて小さき丘

若竹やいつより腐る母屋の縁

混堂の重げなる屋根や今年竹

紫陽花

紫陽花の暗みののくや通り雨

早苗

喜雨亭の入口よごす早苗かな

門の苗に巫山の雨の三粒ほど

田植　神垣に水堰き入るゝ田植かな

蓮　一並び蓮の花さく門田かな

瓜　砂たゝく雨や井にとる冷し瓜

麻　麻刈て乞食の幮も見ゆる也

青田　青き色に畦もなりたる青田かな

みさゝぎをめぐり奥ある青田哉

丘隅の雲に散りけり竹の皮

竹皮散

秋

乾坤

秋風

秋風は塚をめぐりて吹にけり

露

草の露に大きくなりし草履かな

湖やすれ〳〵の草の露

霧

大沼の霧這ひ上る山辺かな

心あても池を谷かと夜霧かな

大石に霧の流る、野中かな

霧の中門なき寺を抜けにけり

臼小屋の灯に見る霧の白さ哉

何といふ寺か粟津の秋の暮

秋の暮

岡寺

鰐口のならし仕舞ふや秋の暮

内暗き碓小屋や秋の暮

月

築土の崩れを越えて月見かな

野分

猟犬の我を諫むる野分かな

朝寒

朝寒や乞食の椀へ湯気の物

夜寒

庵は寝て老木の鳥の夜寒かな

天王寺寓居
逢坂へ夜食しにゆく夜寒かな

夜長

長き夜に似し夜を過去に思ひ出る

暮の秋

蟷螂の色柴に似る暮の秋

人事

花火

野の溝をわたりわたりや花火見る

魂祭

交りは麻柄の箸を供へけり

戦場にそふて小家の魂祭

墓参

物言はで庫裡をぬけけり墓参り

大文字

とんぼうの夕に死ぬや大文字

角力

よき角力萩も芒もほめにけり

秋の螇

朝日影のけしきかはるや秋の螇

引板

引板の音さわやぐや田家気乾き

子規忌

塑像出す日何となく萩も眺められ

新米

新米をくふて仁義のいくさ哉

新酒

諾々と胸うちたゝく新酒かな

角力取を押へて飲ます新酒かな

杉玉に母屋めでたき新酒かな

夜学

うつくしき夜具も出てゐる夜学かな

動物

秋の蠅

秋の蠅日に山店の草弱る

蠢

笠取の茶店につるむ蠢かな

日さしこす門川蓼に蠢かな

沙魚

沙魚釣や東坡が妻の粮用意

沙魚釣の冷飯分つ親子かな

眼白

渡り鳥にたしかに声す眼白かな

崖半ば朝日今よし眼白取り

啄木鳥

山影門に入りて木啄忙はし

木の実ふる所木啄移りつゝ

猿酒

猿酒を盗みて屐を失ひし

猿酒や松下童子が口拭ふ

植物

草の花

昼めしをさがす鼬や草の花

芭蕉

道端のはなれ垣根に芭蕉かな

破芭蕉主ばかりが眺めけり

蟷螂を見きが死にけむ破芭蕉

花野

山伏のあをへどをつく花野かな

瓢

胴切の瓢陳皮を蔵めけり

菊

菊の日に散歩やせみの小河迄

酈県に棟上あるや菊の花

菊の花彭祖を学ぶ日南ぼこ

名山に入る日や麓菊盛り

菊の花松子垣内に落つる宿

紅葉

むら紅葉中に卑しき漆かな

紅葉狩沓は草履になりにけり

草紅葉

山土入れて庭をならすや草紅葉

椎の実

探題日蓮

日朗に椎拾はせて旅寝かな

茸

朽葉かづく大紅茸のひらきけり

草の実

草の実か否か更紗の小巾着

畦豆

畦豆のぬかれし穴や露しめり

朝嵐畦豆さやぐ祭かな

蜜柑

紅葉山へ連なる岡の蜜柑かな

この奥の多田に祭や蜜柑山

末枯

前の原はうら枯にけり吾亦紅

冬

乾坤

神無月

神無月も中頃に落葉ぬれそめし

今朝の冬

柿の落葉いつ止るにや今朝の冬

初冬

寺の門日は初冬の横にさす

冬の日

門脇椿冬のひねもす日蔭にて

小春

沖釣に出でゝ四面の小春かな

水の上の小春となりぬかいつぶり

峰の芝百歩ばかりの小春かな

縁小春に居れば茶の実の見出され

笹に巣くふ虫のいつ迄小春かな

実になりし芙蓉暖むる小春かな

小春うら、に用無きに庫裡を出入哉

金柑の尻皆光る小春かな

時雨

蜜柑山色つけば畦に時雨かな

今あけし井戸蓋ぬる、時雨かな

しぐれ〳〵て窓下朝茶の実破れてあり

二番生への鶏頭時雨の雨落ちに

水涸

水涸に滝にかけたる筧かな

寒さ

北風の胴中に入る寒さ哉

霜

暮てすぐ霜夜の鐘をきゝにけり

残るほどの菊のうつむく霜日和

朽葉掻けば蒸発するや霜日和

氷

氷らんとして朝日さす刈田かな

田の雪の氷になりて浮びけり

氷柱

雪の中に氷柱の見ゆる庇かな

雪

滝涸れてすさましき寺よ軒氷柱

羹を雪の迎へにす、めけり

詩仙堂

雪見客半山床に上りけり

前の山雪落ちて梢うごく見ゆ

雪掻て水の手の径つくりけり

寒月

寒月や狐の飯を垣に出す

除夜

明治戊申歳晩丹波の仮居にて

除夜の感書く事何も無りけり

人事

冬構

甘棠を伐らぬつもりや冬構

蜜柑山にとりつく里の冬構

庇継ぐ冬構の城下通りけり

冬籠

楠の木の五軒長屋や冬籠

巨燵開

巨燵あけによばれし庫裡の暗さ哉

巨燵

移さばや寒き巨燵のあり所

紅の紐でしばりぬ古巨燵

被キ着てあたればいぶる巨燵かな

膝たてゝ膝より低き巨燵かな

焦ぐるともなくて匂へる巨燵かな

火桶

母の側に昔よりある火桶かな

埋火

埋火を見失ひたる奈落かな

埋火や大なる庫裡の朝日影

埋火に母屋よりくるゝ焚火かな

炭団

灰のけて眞面目の炭団かな

手袋

手袋の大きな手出す焚火かな

襟巻

旧友を見れば襟巻旧の如し

足袋

南天に干足袋かけつ高簀子

布団

干布団天人下る日なりけり

干布団木の根ほぐれに日透くる日

寄食人が残せし布団庫裡に悲し

泊り客に書斎に積みし布団かな

柴漬

柴漬の上に捨てたるいばら哉

寒声

石公を見る寒声の戻り哉

煤掃

煤掃に閑日月の暖炉かな

餅搗

鏡台のやり所なし餅莚

大寺やもの籠りたる餅の音

動物

笹鳴

さゝ鳴や鵯が大きな声で鳴

笹鳴や寺より上る小笹原

笹鳴や藪表しづめ霜のあり

河豚

桃園の細道来たり河豚の友

乾鮭

からさけと釘同うす唐辛子

乾鮭や売炭翁が棒の先

鷹

草枯れて鷹放つべし王の国

植物

落葉

そしらるゝ榎を伐らん落葉かな

材木にならぬ大木の落葉かな

石の上にとまらんとする落葉かな

滑かな黄葉交る落葉かな

毛布着て落葉焚く子に交りけり

落し穴に沓をとられし落葉かな

落葉搔くに小枝はさかふ熊手かな

水溜りほどの滝壺に落葉かな

宮の奥の小さき宮の落葉かな

硝子戸に映る落葉や花屋敷

町はづれ曲りの坂の落葉かな

旧態の神主屋敷落葉かな

落葉取りに葛籠朝々庫裡よりす

茶の花

夕霜に茶の花あるかなきか哉

石蕗の花

住持出来て小さき庫裡建てつ石蕗の花

石蕗の花まだ焚火せぬ小庭かな

枇杷の花

障子影に見しが虻なり枇杷の花

蕎麦刈

蕎麦刈てお寺へ返す畑かな

枯葎

葎引くや共に引かるゝ菊の株

大根引

見てゐればば拾ふが如し大根引

干菜

干菜つる女房にほれた須磨の里

今掛けしばかりに青き掛菜かな

枯木

梢枯木にいつに落葉す蔦ならん

冬木立

冬木立山を伐り出す車かな

枯野

茨捨て、道塞ぎたる枯野かな

水仙

暗がりに水仙を伐る氷かな

冬至梅

小社に磯のぬくみや冬至梅

つは蕗終

解説　武定巨口――朝妻　力

●武定巨口の人となり

関西俳壇の黎明期、正岡子規の俳句革新にいちはやく呼応したのが、水落露石、中川四明らによる京都の京阪満月会であった。

翌年には大阪満月会が組織され、松瀬青々が参加する。青々はほどなく上京して「ホトトギス」の編集を助け、帰阪して「宝船」を創刊する。子女の不幸が重なる等の事情で「宝船」は廃刊とせざるを得なかったが、翌年には「倦鳥」を創刊し、明治、大正、昭和初期の関西俳壇の雄として君臨した。

この松瀬青々門下として実作に励み、青々亡き後、「倦鳥」の実質的な主宰をつとめたのが武定巨口である。しかし主宰に推されて四年半後、巨口自身が亡くなってしまう。五十八歳であった。ここでは「倦鳥」二九九号、武定巨口追悼号等から、巨口の人となりをさぐる。

・君は実に温厚篤実球の如き君子人で、悪いことの出来ない人であつた。君には野心といふやうなところが無く随つて覇気が乏しく、何事も消極的保守的であつたことは、その性格上止むを得なかつたことであらう。

・巨口君ほど忠実な後継者は無かつた。恰も芭蕉門下の去来といふ観があつた。

右は客員として「宝船」「倦鳥」に参加し、「雁来紅」を創刊主宰した野田別天楼が、追悼号に書いた巨口評である。子息の武定茂は次のように書いている。

・おとなしい人物であつたが、反面、俳句や文学上のことになると厳しい態度を持してゐた。

・議論が嫌いで…略…時間があればものを書いたり読んだりしてゐた。

右の例でもわかるように、野心がなく、物静かで、消極的で、しかし揺るぎない信念を持っていたということは想像に難くない。

巨口の生業は銀行員であった。その仕事ぶりについて、一歳年下で自宅を「宝船」の発行所としたこともある戸田鼓竹は、東京から戻った巨口に自身の勤務先である三十四銀行雑喉場支店を紹介したくだりを次のように記している。

・巨口君は凍事件の前まで住友銀行船場支店に勤めてゐた。算盤は達者だし、字は綺麗だし、銭勘定は早いし銀行員としての才能は十分持てゐたが、人と物言ふ事が嫌ひであつたから別机の計算係へ廻した。人が終日かかつても合つたとか合はぬとか云ふてる仕事を半日位にちやんと片付けて仕舞つて、知らん顔して読書をしてゐる。

銀行員としての巨口の有能さを如実に伝えてくれる一節であるが、ここでも人付合いを得意としない一面が見えて面白い。

●凍事件

追悼号で鼓竹が「凍事件」と書いているのは、明治四十一年に巨口が天王寺のうどん屋で働いていた看板娘、小花と丹波に駆け落ちした事件である。この顚末は巨口自身が小説「凍」として「宝船」に発表している。

大阪に清（巨口）という文学青年がいた。これが天王寺のうどん屋の看板娘、小花と良い仲になり、清の年長の知り合いである丹波の柴さん（「宝船」の俳人、志賀几湫）

を頼って駆け落ちする。
小花に駆け落ちされたうどん屋は「小花目当ての客が来なくなる、小花を妾にでもという下心で金を貸して呉れた銀方の万年青屋には手を引かれてしまふ」、というありさまで弱り果ててしまう。そこで、清とその先輩格の並木（塚本虚明）を知っている藤やんという男性に相談を持ちかける。藤やんは並木なら清の居所を知っているだろうと目をつけ、並木に二人を別れさせるよう、次のように依頼する。

聞けば、清さんの内からは保護願ひも出していないさうな。して見ればこれは清さんのお母さんも共謀《ぐる》になつて、兄さんの手で何処に隠してあるものと推量する。…略…向ふの母親を訴人にしてでも行先を言はして見せる。さうなれば自然兄さんもお上から呼び出しがあるものと思ふてゐて呉れ。

並木は丹波に行き、清を説得する。清は都会に出なくては文学ができないと思い、小花を疎ましく思ってもいた。元々駆け落ちには消極的だったのである。藤やんに脅された並木の登場は、清にとって、小花と縁を切る絶好の機会となった。

あらまし右のような筋の小説である。この後巨口は上京し、虚子や碧梧桐などに職を頼んだりするが半年ほどで帰阪する（略年譜参照）。戸田鼓竹は追悼号に

・巨口君の小説「凍」は…略…巨口君一世一代の傑作であり、自叙伝でもある。あの事件は結局悲劇に終わつたのであるが、あゝ云ふ結末に導いたのは巨口君が「母に心配かけて済まぬ」といふ孝の一念が燃え初めて矢も楯もたまらず、母の許へ帰を急いだのと、虚明君が之に動かされて事件を斡旋して纏めた事に依るのであるが、当時青々先生はあの虚明君の裁きに対して大不満で巨口君も先生の不興を蒙つたのである。即ち先生に言はしむれば、「巨口は実に得手勝手だ。母を思ふならなぜ左様な事を仕出かしたか、やつた以上は最後まで責任を取るべきだ、虚明がまたその誤つた考に同意して一方的の都合のよい計らひをするとは何事だ」と云ふにあつた。

と書いている。

俗に言えば若気の至りであり、小花の心情にほだされての出来事であった。沈着冷

静で寄りつきがたい印象の巨口が、ここではとても身近に感じられる。

●武定巨口の作品

句集『つは蕗』について、村山古郷は「虚子が平明を説くきっかけとなった」と評している（『明治俳壇史』）。その一方、序文で青々が、「『芸術は知る人ぞ知る』といふ語の意を巨口は信じてゐた」と書いているように、難解な句も多い。

桃 園 の 細 道 来 た り 河 豚 の 友

平成二十四年一月、大阪俳句史研究会例会で「武定巨口　人と作品」を発表するまで解けなかった一句。会場の浅川正氏から「桃園は三国志演義、桃園の義、河豚の友は生死を共にする意ではないか」と声がかかり、一気に氷解した作品である。してみると細道は能「石橋」の、文殊菩薩の浄土にかかる、細くて長い石の道……。ともかく言葉や原典が見事にたたみ込まれている。巨口は十七、八歳の頃、漢学塾に通っていた。先生は古学派の儒者気質で、かりそめにも孔子と道の合わぬ書物は悉く異端としてこれを斥け、「演義ものなどを読むなら、三国志、水滸伝くらいを（それも読書力を養うためなら）読めば沢山だ」という人であったという。

青々は明治三十年四月に大阪満月会に参加し、三十二年秋には「ホトトギス」編集の手伝いを乞われるほどになった。驚くべき早熟さであった。

巨口は明治三十二年に俳句の手解きをうけ、三十四年には「宝船」の主要作家として活躍するに至った。青々に劣らぬ早熟の俳人であった。

両者とも、俳句を始める以前に文学的な素養と見識があった。同じ素養を身のうちに、巨口は十六歳年上の青々の全人格を仰ぎ、俳句観を理解し、誌上で青々の詩想を顕彰しつづけた。芭蕉門下の去来という別天楼の指摘通りの人であった。

句集『つは蕗』は武定巨口の第一句集である。文庫本よりやや小さいサイズ（一一〇㎜×一五〇㎜）で、本文は六十四ページ。発行所は「宝船編集部」で明治四十五年四月一日付で発行された。冒頭の十四ページを使って、松瀬青々が序文を書き、巨口が

「石蕗の花」と題する文章（自序に相当）を書いている。定価は二十銭。『つは蕗』最終ページの広告によると当時の「宝船」は一部十五銭であった。

略年譜

武定巨口（たけさだ・きょこう）

明治一六年　二月二十三日岡山市仁志町の料理屋に生る。本名武定鈔七。

明治二九年　夏、京都にて京阪満月会発足。水落露石・中川四明・寒川鼠骨。

明治三〇年　一月「ホトトギス」創刊。四月、寒山寺にて大阪満月会。無心（松瀬青々）参加。

明治三二年　武定鳥人（後、巨口に改号）、勤務先（中立貯蓄銀行）の武富我全に俳句の手解きを受く。鳥人は岡山城の別称「烏城」にちなむ。

九月、松瀬青々、「ホトトギス」編集の手助けのため上京。

十月、青木月斗を中心に「車百合」創刊。鳥人、「車百合」に投句。

十二月、根岸の子規庵にて第三回蕪村忌。四十六名参加。青々、子規選「人」賞。

明治三三年　五月、青々帰阪。鳥人、満月会にて青々に会う。参加者は青々・鬼史・月斗・北渚・圭岳・井蛙等。七月「大阪朝日新聞」俳句欄を青々担当。鳥人、投句。

明治三四年　三月、青々、「宝船」創刊。四十八ページ。鳥人、青々選「宝船」は五句にて第五席。墨水選募集俳句にて「地」賞。

四月、鳥人子規選新聞「日本」俳句欄に初入選。

八月、鳥人「宝船」に文章掲載。以後毎号。

明治三五年　子規「春夏秋冬　夏」刊行、鳥人入集。鳥人、「宝船」の課題句選者をつとめる。「車百合」、通巻十七号をもって終刊。

九月十九日、正岡子規死去。

明治三七年　十月二十日、鳥人に陸軍召集令。姫路歩兵第十聯隊補充大隊第四中隊第十三班入営。鳥人、巨口と改号。命名は松瀬青々。

明治三八年　三月、日露戦争戦場にて左手首に貫通銃創。五月帰休。

明治四一年　晩秋か冬、巨口、女性と丹波に駆け落ち。（解説「凍」事件参照）。この直前まで住友銀行船場支店に勤務。

明治四二年　初春、巨口帰阪。女性と別れる。その後上京。虚子・碧梧桐・鼠骨に職を頼む。半年ほどで帰阪。戸田鼓竹の周旋で三十四銀行雑喉場支店に勤務。

明治四四年　青々・巨口、碧梧桐俳句を批判。

明治四五年　巨口、「宝船」第十二巻第二号より小説「凍」連載開始。

四月、巨口、句集『つは蕗』刊行。村山古郷は『明治俳壇史』にて「虚子が平明を説くきっかけとなった」と評す。

大正元年　七月三十日改元。

「宝船」は、遅刊が続き十一月号は休刊。巨口、十二月号に遅刊・休刊について文章掲載。

大正二年　この年、「宝船」一、四、五、十一、十二月の各号休刊。

大正三年　一月号、巨口の小説「凍」第十四回をもって完結。

一月、青々次男吉春生る。三月、青々長男菊弥死す。五月青々長女梅子死す。

「宝船」、二月休刊。更に四月号から九月号休刊。十月号が「宝船」の事実上の終刊号となる。

大正四年　十一月、青々、「倦鳥」創刊。巨口は主要同人として俳句、文章に活躍。

大正一四年　七月、「倦鳥」組織変更。「倦鳥」は青々作品発表誌、会員作品は「林表」誌とする。十二月、「林表」廃刊。一月号より「倦鳥」に統合、発行所を東京に移す。

この年、巨口四十二歳。四十歳代に軽い脳溢血。後、酒を断つ。

昭和元年（**大正十五年**）十二月二十五日昭和に改元。

昭和二年　九月、発行所を大阪に戻し、編集は森古泉がつとめる。

昭和九年　改造社「俳句講座」出版。「倦鳥の

人々と其主張」（青々筆）に武定巨口ら二十七人。

昭和一〇年　巨口、句集『まそほ貝』上梓。

昭和一二年　一月九日、青々逝去。高浜虚子より、武定巨口・塚本虚明連名宛にて悔み状。

拝啓　青々君御逝去痛悼の至りに存候。今後貴兄等の責任重大を加へたる義と存候。今迄よく師に奉じられたるは床しきことに覚之候。不取敢御悔申上候。匆々不一　一月十日

高浜虚子

一月二十日、主要同人会議。以下が決定。

一、発行人は松瀬吉春君名義とすること、但し雑誌の経営は門下の責任に於て為す事

二、編集発行の担任は更に古泉君を労する事

三、「倦鳥俳句」選は巨口君を推す事

四、二月号は定期刊行とし、三月号を追悼号とする事（以下略）

一月三十一日、第三回協議会。野田別天楼・武定巨口・戸田鼓竹・横山蜃楼・入江来布・首藤素史・松瀬咏子ら参加。別天楼の提案により、

「倦鳥」の編集発行は古泉、巨口君を以て責任者とし、特に協議を要するものある場合は従来の関係上虚明、鼓竹両君之に参加すること。以上四名を以て最高執行機関となし、更に事柄の重大なる場合は、今日のごとき同人の協議会を開催する事

と決定。

二月号は松瀬青々追悼号にて二八三ページ。青々絶筆の写真、遺影掲載。高浜虚子・寒川鼠骨・赤木格堂・村上霽月・島道素石・野田別天楼・亀田小岾ら、一六一名が追悼文。

この号より「倦鳥俳句」は巨口選となる。

三月二十一日、ラジオにて「故松瀬青々を偲ぶ」放送。出演は野田別天楼・武定巨口・塚本虚明・青木月斗・野村泊月・山口誓子ら。

巨口六月号に「娑婆即寂光土」掲載開始。いわば主宰の巻頭言で、毎回題名を変えて亡くなるまで

続く。

昭和一三年　九月、大阪下寺町正覚寺に青々句墓碑建立。用紙使用統制のため、「倦鳥」十月号より二割減の一〇四ページとなる。

昭和一五年　皇紀二千六百年。十二月、日本俳句作家協会結成。

昭和一六年　四月、巨口腎臓病にて絶対安静と食餌療法を強いられる。

六月、俳誌統合の会議持たれる。同人・火星・早春・倦鳥・琥珀・山茶花が参加、誌名を「俳句春秋」とすることに決定。役員は◎田村木國・○永尾宗斤・○北原方角・岡本圭岳・青木月斗・水谷砕壺・森古泉。（執筆者註・実際には昭和十九年に「このみち」誌として統合される）。

九月二日、巨口没。満五十八歳。「倦鳥俳句」欄は森古泉、戸田鼓竹、横山蜃楼、西村白雲郷共選。

十月号は巨口追悼号。一二〇ページ。武定茂（青々長男）・野田別天樓・横山蜃楼・永尾宗斤・亀田小蛄・森古泉・松瀬吉春・右城暮石・古屋ひでを・細見綾子ら四十三名が追悼文を寄せる。

この号より「青紵集」登場。綾子・一見・竹兜・ひでを・布兌・暮石が作品を掲載。

十一月号、「倦鳥」三〇〇号記念。一一四ページ。

昭和一九年　四月「倦鳥」終刊。

昭和二七年　右城暮石「筐」創刊。

昭和三一年　暮石、「筐」を「運河」と改題し主宰。

茨木和生「運河」現主宰が「運河」入会。

●参照文献
青木茂夫著『評伝松瀬青々』
亀田小蛄著『子規時代の人々』
村山古郷著『明治俳壇史』
角川書店『俳文学大事典』
俳誌「宝船」、俳誌「倦鳥」

編者略歴

朝妻　力（あさづま・りき）

昭和21年新潟県生まれ。昭和52年、「風」に入会。澤木欣一、細見綾子、皆川盤水の指導を受く。「雲の峰」主宰。俳人協会幹事、大阪俳句史研究会理事、大阪俳人クラブ常任理事。

明治時代の大阪俳人のアンソロジー

武定巨口《たけさだきょこう》句集　つは蕗（つわぶき）
二〇一四年五月一日　第一刷
編著者——朝妻　力
編　集——大阪俳句史研究会
〒664-0895 伊丹市宮ノ前2-5-20（財）柿衞文庫　也雲軒内
発行所——ふらんす堂
〒182-0002 東京都調布市仙川町一-一五-三八-2F
電　話——〇三（三三二六）九〇六一　FAX〇三（三三二六）六九一九
ホームページ http://furansudo.com/　E-mail info@furansudo.com
装　丁——君嶋真理子
印刷所——光スタジオ
製本所——光スタジオ
定　価——本体一二〇〇円＋税
ISBN978-4-7814-0664-0 C0092 ¥1200E